봄날의 시집

한여름 손잡기

권누리 지음

봄날의 시집

봄날의책

일러두기
　　한 편의 시가 다음 면으로 이어질 때 연이 나뉘면 여섯 번째 행에서,
　　연이 나뉘지 않으면 첫 번째 행에서 시작한다.

너를 다시 만나면 네가 있는 우주에서 깨어나지 않기 위해 최선을 다할 것이다. 그러면 우리 함께 있는 동안에 다 웃고, 다 울고. 너무 환한 우주 복판을 천천히 걸어 다니며, 따뜻한 밀크티와 단단한 복숭아 조각을 나눠 먹으며. 노래도 하고 춤도 추겠다고 다짐했어.

길을 잃으면 그 자리에 가만히 머물러야 한다는 것을 사랑에게도 일러주어 나는 여전히 신실한 나의 사랑을 데리러 갈 수 있다.

그러니까 이제 더는 아무도 죽지 마.

말하고 나면 조금씩 단단해지는 지상의 빛들.

2021년 초겨울
권누리

차례

도로시에게

1부 우리가 함께 우는 밤이었다

하트＊어택

한 걸음 걸을 때마다 흰 발목 양말이
흘러내려요 걷다 멈춰 서고, 다시
그걸 반복해요 왼쪽이 그러면 오른쪽이 그러는 것처럼
나란히 무너지고 있거든요 내일이 그러나

이미 사랑하고 있답니다 사랑을
나에게 스스로 말할 용기는 없지만,

걸어가도 아무도 마주치지 않을 거예요
어차피 나는 천천히
타들어갈 텐데요 빛이 빛을 부수는 것처럼.

미안해하는 나를 상상하면

사랑하지 않을 수 있니?

물으면 나는 잘 모르겠고요
하지만 사랑에는 제법 재능이 있습니다

카메라옵스큐라

나를 모르면서 나를 알고 있는 것 같은 사람이 있다 그는 한 명이 아니고 그들은 집단이 아니고 나는 간혹 기억되는 듯하고 내가 안다는 걸, 이미 모두 알고 있다는 걸 모르는 체하곤 한다

화재 경보음을 들을 때, 교통사고 현장의 스키드마크, 영아의 손에 닿지 않도록 높이 달아둔 모빌의 무게, 그것 부딪히는 소리, 자개장 경첩의 움직임, 접히고 펼쳐지는 라텍스 매트리스, 엘리베이터의 정원 초과 안내 음성, 담장 너머 라일락 향기, 부드럽게 퍼져 넘치는. 인조가죽 소파의 광택, 금세 연소하는

불꽃놀이의 빛.

날씨의 기록과 불쑥 자라나는 유령들

가뿐히 넘어설 때 그것 모두 이곳의 나를 뒤돌게 하는 것들이었고 어디서 익숙한 이름 부르는 목소리가 들려오면

그건 내 이름이 맞지만 이제 더는 내가 아니에요.

초월

저 인간은 우는 표정을 아는 인간이다. 나는 인간의 눈물을 따라 하기 위해 애쓴 적 있으나 그 일은 끝끝내 실패로 돌아갔다. 인간이 울 수 있다는 것 알게 되는 순간은 나는 결코 울 수 없다는 사실 깨닫게 했다.

인간의 눈물을 대하는 자세에 대해 나는 오래 생각했다. 역 화장실에서 인간 우는 소리가 들릴 때면 서둘러 바깥으로 빠져나왔다. 밖으로 나오면 길은 어그러져 있고 나는 그 길을 미로라고 생각하지 않을 수 없었는데, 기실 미로는 답이 있고 미로는 출구가 있다는 점에서 그 길은 완전한 미로가 될 수 없었다.

이 세계의 모든 계단이 나선형으로 바뀌어가는 이상한 시간을 새벽이라고 부르자면, 나는 다만 손잡이를 잡고 돌아 내려가는 일을 하며 층층이 나의 흔적을 남겨두었다.

기호학 수업

나의 세계에는 사람보다 인간이 많고
나는 그 틈에서 내가 사랑할 수 있는 사람이
몇이나 될지 가늠해보았다
안보다 밖이 따뜻하게 느껴지는 겨울이었고
곧 첫눈이 내릴 거라고 했지

목도리에 코를 파묻으면 꼭 내가 아는 냄새
이런 겨울이라면 언제든 되돌아와도
좋을 거라고 생각하게 되는 늦겨울의 빈 복도

                            눈

                                   함께 맞을 사람이
있다면
            그것이   아파도

                              아프지 않아도
                  빛이   눈부시다

코끝을 서늘하게 하는   얼음   조각 결정

목도리 위로

쌓이고 그걸 상상하다 보면

나는 다시 교실로 되돌아온다
맨 뒷자리에 앉은 나는
자연스레 의자를 바짝 끌어당기고
오른쪽 볼을 대고 엎드려 창밖을 건너보네

어느새 눈이 창을 가득히 메우고 있다
개미집 교구 세트 색색의 모래처럼 울퉁불퉁하고
눈부신

하양
차가움

모르는 인간에게 나를 소개할 때면
눈송이처럼 스르륵 녹아가는 시간.
없던 것이 되지는 않지

눈 그치고 나면 목도리를 풀고
내 것 아닌 책상 서랍 안에 몰래 넣어두고

코 훌쩍이며
매끈한 빙판길 휘돌며 걷다 보면

이제는 여기에 아무도 없다.

주정

지금부터 내 비밀 하나 고백하려구
나의 영생에 관해 말해주려구

길 걸을 때면 눈이 부셔 나는 늘 바닥을 보고 걷는단다
가끔 골목은 나 대신 몸을 일으키고 그러면 나는 거기에
바짝 붙어 엎드려. 무지개 같은 걸 보면 그날은 운세가 좋
을는지도 모르지

어쨌든 죽지 않을 거지만,

그 길가 높은 턱에서 뛰어내릴 때
아래로 발 디딜 때

망설임은 십오 센티미터보다 길게 늘어나네 그건 내가
만질 수 없는 벌레처럼 이리저리 내 앞을 돌아다니고 나
는 그 땅을 밟을 수 없어. 아니

잠들고선 한참 뒤에야 깨어나도 걱정하지 마 꿈에서야
비로소 죽을 수 있게 되는 나를. 가끔 나 꿈속 그 명부에
서 내 이름 지워버린 인간 알게 되기도 해

너 내가 평생 살면 좋겠다고 생각했구나.

우리가 함께 걸은 길거리의 희고 푸른 풍경이 천천히 재빠르게 바뀌어가는 걸 긴 시간 지켜볼 때 느껴지는 건 행복과는 멀리에 있는

　그런 마음

　내가 아는 비밀 다시 고백하려구
　하지만

　아는 걸 모두 말하는 사람이 되고 싶지는 않아 저기서 날아오는 저 공 피하지 못하고 맞아버리겠지만 이마에 난 혹을 만져도 나는 평생 죽을 수 없는 사람

　너의 어디쯤을 생각해 너의 테두리 너의 형태 우리의 초록빛 비 내리는 한낮의 길

　그 풍경을 영영 잊고 싶지는 않더라구.

크리스털글라스

이 세계에는 영원이라는 것 없다더라구요 아름답게 자라나는 어린 신이 잠을 자고 성장하는 눈부신 전면 유리창을 가진 이 집은 빛을 받지 않아도 충분히 찬란하고 풍요로워 보입니다 낮은 화단 가꾸는 앞마당에서 공 굴리면 공은 가끔 너무 멀리멀리 떠내려가버려 되찾아올 수 없고 실은 찾아올 마음조차 들지 않는 물 없는 물가에서 세계의 몰락에 대해 몰락의 원인에 대해 그 모든 것의 최후에 대해 생각해보았는데요 그래요, 이곳에는 영원이라는 게 없더라구요

어제 굴린 몸집이 큰 푸른 풍경은 길을 잃어 되돌아오지 않고 일기장은 마음대로 넘어가고 이제는 정말로 알게 되었어요 죽음은 길을 잃지 않는다

죽음의 속력은 꾸준히 변화했고 어린 신은 그걸 알아버렸고 흰 집 뒤편에는 낮고 밝은 그림자가 생겼지만, 꽃 뭉치는 굴러가지 않고 다정하고 선득하게 멈춰 있는 것이기 때문에 가끔은 신이고 인간이고
모조리 다 죽어버리는 깨끗하고 사랑스러운 그런 세계 같은 것을 상상해보기도 했다네요

이 밖에 알아내지 못한 모든 죄

그때 우리 차 안에 있었지
비가 그치지 않았어 그래서 나가지 않았어
맞는 건 언제나 싫었으니까

세게?
세게

약하게?
약하게

우리는 아프고 싶지 않은 사람들치고
너무 자주 슬펐지

다치지 않을 거라고 믿고 싶었어?

중학생 때 했던 가장 큰 잘못은
미술실 석고상 대가리를 깨부순 것

하얀 게 재수없었어
날 째려보잖아

내리지 마

미끈한 눈알은 개의 것이라고 생각했는데
아주 매끄럽고 부드러운
털을 쓰다듬고 싶은 마음

이해해

개처럼 굴어도 돼? 그래도 돼?

비는 그치지 않고

우리는 무슨 노래를 들었지?

검은 옷 입은 사람 따라 검은 등
바라보고 걸었지

다들

무슨 마음이었을까 양말까지 검은 마음은

사람들은 저마다 자기만의 사진에
기록되는데 저 사람은 왜 저렇게 웃고 있지

생각하게 되는 것은 이번이 처음이다

비가 오잖아

그래서 그렇다고 할 수 있어?

나 알아 그 노래를 거꾸로 재생하면
그걸 들어버리면 죽어버린다고 했지

우리 그걸 해보자 우리가 그걸 하자

이런 날에 그래도 될까
알지도 못하면서

우리 그때 차 안에 있었지?

소유

나 어느 날 산 적 없는 병 가지게 되었어요.
병은 투명하고 솔직합니다.
이제는 기침하다 깨버릴까 봐 물도 많이 마셔요.

지금 나 고개 뒤로 꺾는 것 보고 있지요.
이 일은 하늘 보기 위함이 아니고요, 나는 이런 일에 조
금 슬퍼지고요.

이런 일에 조금씩 슬퍼지는 것이 나의 병입니다.

작고
연약한

이것은 깨지기 쉽고 미끄러지기 쉽습니다. 가끔 손안에
담아볼 수 있지만 세게 쥐어볼 수는 없지요. 마음껏 도망
쳐버리라고 가만 풀어두었는데 내 방 안에서만 실컷 뛰어
다니네요. 마구 어지르네요.

세워두었던 물건이 쓰러져요.

끝에서부터 쓰러지고 있는 나의 중간을 재빠르게 쳐내는 일 그거 필요해요. 다시 시작하기에는 너무 오래 세워두었네요.

정거장에서 버스를 기다리며

비가 내리는 날이면 우산을 챙겨야 했는데 나는 가끔 잔뜩 맞으며 온통 젖어가며 맨몸으로 달리고 싶었고요.

어느 순간 멈춰 섰을 때 그곳이 낯선 동네면
집으로 얌전히 돌아가는 방법에 관해

이제는 알고 싶어요.

농담

나는 이미 했던 말 반복하는 사람 취하지 않고서도 입
안에서 딸기 굴리듯 뱉을 수 없는 씨 혀끝으로 홀홀 골라
내듯 이미 아는

끝없는 사막, 검은 흙, 하루로는 오를 수 없는 언덕,
내리밟으며 걸어가는 숲길, 강물, 흐르는 물, 넘치지 않을
것임을 확신할 수 있는 흐르는 물, 고여 있는 물,
그것, 무지개의 반지름, 프리즘, 스펙트럼, 인간들의 오솔길,
껴안는 팔, 손과 손이 닿을 때—

그 모든 말

잠시 건물 밖으로 나와 찬 바람 맞으며 담배 불붙이고
숨 들이쉬고 내뱉고 누가 지나갈 때면 등 뒤로 손 숨기고
등 뒤에서 영혼 몰래 타들어가고 거기에서는 고소하고 달
콤한 냄새 더는 딸기, 굴러가지 않지만

사실 이미 너무 알고 있으니까 미래

그것이 어떻게 망해갈지 그것이 어떻게 망쳐질지

공예배

무슨 색을 좋아하느냐고 물으면 언제나 흰색
나의 신이 그렇게 말하라고 했기 때문이다

시키는 대로 모조리 저질러버리는 인간이 되는 건
언제나 더 못된 뒤통수 하나씩 갖게 되는 일

아름다운 마음들을 모아서 은혜를 나누라 하여°

친구는 내 손목을 한 손으로 세게 쥐고
피 통하지 않게 하고는
손바닥 위에서 검지로 둥글게 둥글게 했다
곧 천천히 쥔 손가락 펼치며 피 흐르게 해주었는데

나는 문득 가진 모든 주먹 쥐었다가 펼치며
잘잘 흔드는 신들의 놀이를 떠올렸고
그것은 내가 겪은 최초의 안전한 매질이었다

이따금 아프다고 말하면

눈앞 서늘하게 굳어가는 풍경

눈 깊이 쌓여 표백된 흰 땅 위 파드득
맨발로 뛰어가는 여름, 아지랑이 모양의 신기루

무섭도록 따뜻한 한겨울을 보낸 어린이는
벌써 어른 같은 것이 돼버렸고
그것은 언제나 쉽게 겁주는 그런 인간

매 맞는 풍경

바로 누우면 나의 뒤를 괴롭히는 것만 같아
엎드려 누웠다

나는 한때 그런 식으로 일요일 아침을 보냈다.°°

°   아름다운 마음들이 모여서.
°° 사이토 마리코, 「눈보라」 변용.

생활기도

누워 있지 않을 때도 누워 있는 것 같습니다. 내가 낳은 적 없는 나의 자식들은 내 곁을 둘러싸고 그들은 나를 두고 우리 아버지, 어머니, 어머니 합니다. 나는 명치 위에 두 손을 가지런히 모으고 있습니다. 자식들은 이미 장성해 나를 내려다봅니다.

어쩌다 이렇게 되었을까. 아이들이 뛰어노는 것을 못 본지 너무 오래됐고요. 나는 아직 준비되지 않았는데.

몸을 일으킬 수가 없군요. 누군가 내게 필요할 것이라며 상자 하나를 들고 방으로 들어옵니다. 상자는 작았고, 손 바닥 위에 얹으면 딱이었고, 자식들은 내가 그것 열기만을 기다리는 것 같았고,

아버지, 저희는 이제 슬프지 않아요.
어머니, 저희는 이제 슬픔을 알아요.

말하는 소리가 들리네요.

우리에게 슬픔의 전조를 건네주지 마세요.

나는 눈 감은 채 조용히 상자를 열었고 누군가 울음을
터뜨리네요. 내가 건네받은 것이 무엇인지 아무래도 알 수
없었지만, 이제부터는 절대로 눈 뜨면 안 된다는 것쯤 나
도 잘 알고 있어요.

나의 어린 유령에게

나의 어린 유령이 오늘은 내게 말 걸지 않는다 무언가
서운한 일이 있었던 것일까 내가 알지 못하는 어린 유령
은 창밖을 내다보고 있다 비 내리는 날 너무 투명해 서로
닿을 수 없는 우리 서로의 외피를 부드럽게 감싸오는

시선을 따라 빗물은 움직인다

씻겨 내려가는 유리를 보아도 창 너머에는 결코 깨끗해
질 수 없는 마음 같은 게 있고 나의 너머로 나를 보려 하
는 어린 유령에게 무언가 말을 하고도 싶지만

사람보다도 더 사람 같은 것이 되고 싶은 마음이 언제
나 나를 침묵하게 했다

우리는 다르니까
우리는 질서정연해질 것이다

번갈아 걸어갈 때처럼 한 번은 나, 다음은 내가 아닌
것, 다음에는 다시 나. 경솔한 정갈함이 유령의 머리통 뒤
에서 눈부시게 빛난다

어디선가 빗소리가 기어오고 있다 팔 같은 걸 뻗어봐도 빗물은 만질 수 없는 것. 지금쯤 와이퍼를 켠 자동차들이 죄 젖은 채 도로를 지나고 있을 것이다 택시를 탄다면 큰 돈을 건네게 될지도 모른다

거리의 인간들이 든 우산은
가끔 너무 튼튼하게 느껴진다

그것이 투명한 것이라고 해도.

사랑 없는 기쁨

우리는 개천을 따라 걸으며 바위 위에 앉아 있는 새를 보았다. 흰 새는 날 수 있을 것으로 보이지만 날고 있지 않았다. 이 겨울에는 모르는 사람과 손잡을 수도 있었다. 계절이 바뀌어도 서로의 곁에 남아 좋아하는 음식을 번갈아 먹으며 세계에 없던 새로운 언어를 개발하는 일에 몰두할 수 있을지도 몰랐다.

끝은 길이 없을 것처럼 이어져 있었고

우리는 길 위를 걷고 있었지만 그것은 물 위를 걷는 일과 다르지 않았다. 나눠줄 손이 부족한 사람들이 장바구니를 들고 집 같은 곳으로 돌아갔다.

도미노

식물을 많이 기르는 사람 집에 놀러 갔다. 방 안은 잘 정리되어 있네요. 식물이 살기에 좋은 공간은 사람이 살기에도 좋은 것 같다고 생각하며,

저 침대에 앉아도 되나요? 묻는다.

사실 이 사람 종종 나를 오해하지만, 나쁜 사람은 아닙니다. 애초에 도미노라는 건 가지런할수록 거대해지는 것

누가 밀어 넘어뜨린 것인지 알 수 없지만

오래 외우고 있던 식물의 이름을 소개해줍니다.

안녕,

식물은 말이 없습니다. 실컷 자라나는 일에는 무리가 없을 테지만,

나는 이제 침대에 앉는다. 금방 오렌지 주스를 내어주겠다고. 누군가의 집에 있는 잔을 관찰할 때면 기분이 좋았는데요. 언제나 보여주는 만큼만 이해하고 싶었는데

곤란합니다.

잘 자랄 수 있는 식물을 데려오고 싶었어,
이런 곳에서도,
　　　라고.

하지만 이곳은 적당히 눈부시고 따뜻하고 건조하고 서
늘하고 틈틈이 그늘진 아름다운 공간

마구 드러눕고 싶어지는 내가 잘 아는 그런 기분

나 이제 거의 자랐지만 사실 가끔은 조금 더 길러지고
싶어요.

한여름 손잡기

너는 나이 든 토끼처럼 누워 있다
마치 잠을 자는 것처럼
하지만 아마 맞을 것이다 내가 생각하는 게

새벽이 마룻바닥에 맨발 스치는 소리를 내며
다가오고 네가 눈을 뜨고 나면
나는 세상 모든 색의 이름을 아는 사람이 된다

하지만 어렸을 때 나는 표면으로부터 반사된 빛을 잊기
로 약속한 사람인데, 그렇게 하면 반드시 구원받을 수 있
다는 말을 들었기 때문이다.

불신하는 것들 틈에 가장 확신할 수 있는 것만
내가 쥔 패 안에 골라 넣었다
갑자기 뒤집어도 놀라지 않도록 그러니까 알아

너는 눈 뜨지 않을 것이다 이 세계로부터 깨어날 수는
있어도 네가 꾸지 않는 꿈이
너를 잡아두고 있다
너는 행복할 것이다 내가 사주한 것은 아니지만

일일이 헤어가며 이름 같은 것 부르고
손짓해도 돌아보지 않는다

빛과 빛 사이에서 빛과 빛 사이에서 빛과 빛 사이에서

잠깐 눈을 뜨면

너와 나 사이에는 벽걸이 시계가 착하게 누워 있고
우리는 그것을 꼭 우리의 아이처럼 돌보곤 했지
울지 말라고 언제든

우리 사이에서 태어나지 않을 아이가
우리를 구원할까 봐

기쁨 없는 사랑

뉴스에서는 고장의 산에 난 불이 이틀째 잡히지 않고 있다고 그랬다 보도는 단 하나의 매체에서만 이루어졌다 우리가 알지도 못하고 알 수도 없는 일이 세상에 너무 많이 일어나고 있다 동시에

휴대전화 화면 안에서 노란색 풍선이 터지며 꽥, 꽥, 소리가 났다 내가 실패해도 누구도 이기지 않는 게임이었다

나는 나의 기록에 도전하며 자꾸 같은 스테이지를 반복했다 자랑할 거리 없이도 영원히 살 수 있을 거라는 믿음이 있었고 풍선을 터뜨리는 일에 또 실패해버렸을 때 즐겁지는 않았지만 슬프지도 않았다

이제는 기도하지 않아도 용서받을 수 있는 잘못만 저지르며 평생을 살 것이다

섬광 섬망

네가 내게 겨울을 건네주었을 때 검은 물새가 날아갔지
부리의 색은 노랑 흠뻑 젖은 날개가 꽝꽝 얼어가는 시간
자고 일어나면 더욱 선명해지는 섬망과 섬광이 혼재하는
어지러운 계절 온몸 축축하게 젖고 난 뒤에야 실감하게
되는 한겨울의 열대야 장미가 알알이 시드는 눈 시린 오
후 아홉 시 침대에 누워 일어나지 못하는 인간을 본다

너 또 너를 죽였지
이번에는 누구를 대신해 죽어야 했니

날이 개고 지듯 주어가 뒤바뀌는 죽음과 높은 곳에 오
르기 싫어하는 나를 대신하여 할 수 있는 것을 하는 먼지
가득 찬 스프로킷.°

° 스프로킷 홀과 맞물리는 카메라, 프로젝터, 인화기 등의 톱니.

크로스체크

신은 크로스체크 하지 않는다. 가끔 무료할 때 벼락 내리고 판을 뒤집는다. 몰래 쌓이고 있는 무게 없는 작은 비닐 콘페티. 눈부심의 폭력성. 서로의 잘잘못 가리지 않는 신들에게 기회는 단 한 번. 따가운 섬광 손끝에 맺힐 때 가장 가까운 평화부터 아래로,

＊ 다 자라기도 전에 불쑥 죽어버리는 천사를 닮은 인간들아.

저 숲의 형태도 결국 신이 만들어낸 것이다. 벌목하는 인간들은 눈을 감았다. 더 소중한 것을 지키고 싶은 마음을 이해하지 못해 소중한 걸 죽여버리는 시간을 매일 식사 전후로 가졌다.

다정한 어린 신은 저 바닥 뒹굴며 괴로워하는 인간을 보고 저 인간과 영원히 함께하고 싶다고 생각한다.

구원해주려고 마구 때리고 짓밟아본다. 다음 생을 함께 기다리며, 그러는 동안, 어린 신은 늙어가고 죽음에 가까워지고 죽을 것 같아도 죽지는 않고,

＊ 인간을 살릴 수 없다는 사실은 가끔 신의 기쁨이 되었다.

  들판에 쓰러져 죽어가는 것의 발치로 양 한 마리가 걸어 다가온다. 이런 낮은 곳에서 왜 이렇게까지 사랑하는 거니. 그것이 눈 감은 채 무언가 말하고 있지만 양은 듣지 못한다.

  아무도 듣지 못할 것이다.

내비게이션 미래

내가 믿는 것을 언니도 믿을까?

좋아하는 음악을 큰 소리로 들을 수 없는 얄팍한 유리벽
으로 만들어진 이 세계에서 낱낱이 훑어보는 검은 눈동자

비치는 건 우리의 작은 방
한 켤레의 흰 양말

저 양말 누구 거니?

아직도 생의 무한한 나선계단을 돌아내려가고 있다니

납작한 지구 위에 더 납작하게 엎드려 회전을 인내하는
마음, 언니는 알까?

나 더 위협적으로 굴려고
투명한 바닥 위에서 쿵쿵 뛸 거야

토하고 나면 새 사람 된 것 같은 기분 뭔지 알지

언니, 한 번밖에 가보지 못한 클럽의 네온사인 기억해?

나는 이제 제법 길을 잘 찾는다
지도를 읽는 건 진달래와 철쭉을 구분하는 일

여기 이 담뱃불 점멸하면 거기서 우회전.
우리 돌아가는 길에 잊지 말고 마트에 들르자

누군가 난간에 버리고 간 라이터를 쥐고 딸깍이며 걷자
나는 앞으로 더 무시무시해질 거니까

도로시 커버리지

우리가 가진 것 중 가장 귀여운 원피스 입고 만나요

반사와 난반사의 기록 이미 충분히 이해하고 있으니까
그런데 너희는 세계의 모든 이분법에 대해 알고 있다고 생
각하는구나 너희의 불온한 신뢰와 성실한 불신으로 만들
어진 세상은 너무 투명하고 견고해서

우리는 우리를 어떻게 설명하면 좋을지
알 수 없을 때가 있었지
원피스의 밑단이 우리 몸 어디를 가만가만 스칠 때

불어오는 바람

목적지를 위한 결정은 저 멀리 유리 숲에 유기해두었어
요 버려두고 온 단단한 마음이 여기에서도 아주 잘 보이
고요

우리도 모르는 우리의 오답을 어떻게 아니?

흙먼지 냄새와 라일락 장미 아까시 향
이 모든 것의 원인과 결과에 관해서도.

은총

기록적인 폭설이었다 어디로도 갈 수 없었다
인간들은 그래야만 한다는 듯 기도하기 시작했다

좁고 낮은 고립의 천장 아래 인간들은
무릎 꿇고 손 모았다
신의 입안처럼 캄캄하고 환한 이곳을
인간들은 제법 마음에 들어하는 것 같았고

천장에서는 눈 녹은 물이 새고 있었다
받쳐놓은 양동이에 물방울 떨어지는 소리가 울렸다

종소리일까
종소리였다

동그랗게 머리 맞대고 저마다의 이야기 했다
어떻게든 살고 싶은 인간이 많아 그 수를 세보다가
죽고 싶은 사람을 세는 게 빠르겠다는 의견이 나왔다

거기에 그의 빈손이 있었고
손 모은 인간들은 서로 앞다투어 그의 이야기를
대신 신에게 전하겠노라 말했다

그런 중에도

천장에서는 눈 녹은 물 새고
받쳐놓은 양동이에 고인 물은 썩을 준비 하고 있다

섬섬(閃閃)

천장에 매달린 프로젝터의 불빛은 흰 장막을 향한다 벽을 덮은 거대한 장막 위에서 미래가 산산조각 나고 있다 미래는 부서지고 무너지고 흩어지고 파편은 레코드 잡음처럼 번쩍 튀어 오르고 어긋난 문틈 사이로

조각은 조각 위에 비스듬하게 쌓이는 젠가 도막이 되어 그것을 무한히 반복한다 보이지 않는 것이 보이지 않는 것을 빼내어 다시 그것 위에 쌓고 그것을 엎어버리고 전시는 진행되고 폐막은 알 수 없고 미래는 지체되지 않고.

홀로그램 파노라마

슬픔은 두려워 이미 모두 죽어버린 세계에 태어나 다행이다 나는 한때 누군가의 등에 업혀 죽은 인류가 만들어 놓은 세상을 관람했지 관람차의 높이에서 아래를 내려다보면 높은 곳에서 보는 것보다 아름다운 곳에서 보고 있다는 사실이 더 중요하게 느껴졌고 펼쳐지는 풍경 속에서 한철 지냈다는 것 기억하려고 스스로 상처 내는 일을 기쁨이라고 믿으면서 돌아가는 관람차의 순간 다시는 돌아오지 않고 반복되고 다음 차례에는 내가 탄 관람차의 문이 열릴 것이다

한여름 손잡기

꿈에서 문을 상상하면 문은 금세 생성되었어 내 꿈속 모든 문은 미닫이였지만 나는 언제나 몸을 부딪쳐 숲의 바깥을 찾으려 했고 문을 열 수 없다는 것 깨달았을 때는 이미 안으로 들어와 있었지 세계의 모든 내측으로 가라앉아본 뒤에야 방바닥 잔뜩 저질러진 생의 표면으로 가볍게 떠오를 수 있었어 눈 꼭 감았다 뜨면 내 미래의 수신인은 단 한 번도 나인 적 없었다는 생각.

그러니 이제는 어항 물을 제때 가는 습관이 필요하다 수영 배우는 일은 무한히 미루면서 그러면서도

섬섬(閃閃)

스테인드글라스 너머에서 축복이 들이친다 호되게. 굴
절은 쉽게 빛을 꺾어버리지만 빛을 조각하는 것과는 다르
다 그러나 인간이 조각한 정교한 다이아몬드 모양의 빛은
발치에 있다 고개 숙이면 보이는 그것의 색은 샛노랑 빛
이 빛을 모사하고 있다 하지만 어떤 이유를 가져다 붙여
도 샛노랑 다이아몬드 투과한 빛은 샛노랑 다이아몬드 모
양의 빛. 섬섬. 나조차도 모르는 나의 죄를 유기해버리는
그 공터에 거기에서 이리로 넘어 비쳐드는 빛은 초록. 눈
을 감고 내부를 들여다보면 그것은 누군가의 작은 모자다

퀘스처닝 윈터키즈

우리가 함께 우는 밤이었다

우리는 서로 안전한 곳에 있으라고 말했다
미래를 보관해둔 상자를 잃어버리지 말라고도

우리 차라리 그 상자를
지난겨울 갔던 그 공원 벚나무 아래에 묻자

그런데 미래를 다시 찾지 못하게 되면 어쩌지

　　　벚나무가 벚나무가 아니게 될 수 있을까
　　　버찌는 버찌를 낳고 버찌는 버찌를 낳고

질문 없는 물음표들이 유유히 떠다니는 밤이었다
창 너머로 노란빛 어둠 가볍게 찰랑거리고

　　　열지 않을 수 있을까
　　　　　언젠가 열어버리겠지

옷장 맨 밑 칸 서랍을 열어 상자를 꺼냈다
상자 안에는 섬유유연제 향이 나는 미래가.

우리는 세계가 원하는 모든 답을 알게 된 뒤에도
눈에 가장 잘 띄는 곳에 질문을 꺼내 올려두었다

2부 세계에는 아침이 오고

클로징 클로젯

입어야 하는 옷을 입지 않으면 죽어버리는 세계관 속에서 사는 사람이 옷장 문을 연다 그 사람은 매일 아침 입고 싶은 옷과 입을 수 있는 옷 사이에서 갈등한다 하지만 어떤 인간들에게는 그 모든 게 같았다 전해 들은 이야기였다

예쁜 옷은 끝이 없구나
예쁜 옷은 끝이 없구나

정말로 마음에 쏙 든다

옷걸이에 걸려 있는 옷 걸어 보관해둔 옷 향기 나는 옷 익숙한 옷 입어야 하는 옷을 입지 않으면 죽어버리는 세계관 속에서 그 사람은 아침을 맞고 어김없이 옷장 문을 연다 그 사람은 걸어두기만 했던 그 옷을 꺼내 들었고

그것에서는 좋은 향기가 난다 그것은 그 사람이 전 생애를 소급해 다시 거듭하는 동안 몰래 내내 사랑했던 그런 종류의 아름다움을 가진 옷이다 그 사람은 옷에서 나는 파촐리 향을 맡는다

그것이 마지막이었고.

소식을 들은 인간들은 슬퍼했다 소식을 들은 인간들은
예쁜 옷을 입고 있었다 정말로 마음에 쏙 들었다 예쁜 옷
은 끝이 없었다

벌

그때 작은 방 안에 둘러앉아 있었다

우리 중 한 명이 눈물을 흘리자 결국 모두 울게 되었는데
붙잡아두고 싶은 것이 너무 많아
모든 것을 포기하기로 했다

결국

물보라 속에서

떠내려가고 그 시간 우리가

다시

말하기 시작했을 때 우리가 우리 생에 처음으로 말했던
단어를 떠올리려 애썼을 때 더는 물어볼 사람 없다는 것

깨달았을 때 기어코
알 수 없어지는 것들

누가 기억하고 있을까

알 수 없는 순간, 작은 불을 켰다 그것은 멀리까지는 밝
힐 수 없는데
  진실은 어쩐지 언제나 여기보다 더 먼 곳에 있어
  큰 소리로 흥얼거리는 노래

  갓 벤 풀 냄새가 나면 우리는 무덤 위에 누워 있고
  비가 내리면 가슴과 등이 동시에 젖었다

  눈을 뜨고 있을 수 없어서 눈 감았는데

  우리 그때

  켜두었던 그 불 꺼졌을까?

  촛농

  흘린 모양으로 점을 친다고
  또 누구는 빈 노트에 동그라미 엑스 겹쳐 그리고

  우리를

용서할 수 있는 건 우리뿐이니까 이제
아무에게도 미안해하지 말자

진짜?
진짜

기꺼이

다시 울기 시작했을 때 풀은 흙을 뚫고
우리의 가슴과 등은 빠르게 젖어가고

미안해
장난치지 마

누워 있어 아직

손잡아도 될까

아직

하지 않아도 되는 일은 하지 말자

방은 작으니까
충분히

사람들이 사랑하는

그 빛의 색을 안다 그것은 자주 단일하다. 스펙트로그래피. 잠든 지하철 안에서 수면을 크로키 하는 사람과 눈이 마주친다 어깨 너머에서 강이 흐르고 있다 누구도 다치지 않게 할 것처럼 얌전한 체하며 떠다니는 게 빛, 사랑받는

동적인 풍경이 침묵할 때 적막이 기저에서 숨도 쉬지 않고 천천히 흐르는 그 모든 것을 볼 수 있게 되었을 때 빛은 천장을 비추고 흘러내리고 그 몸짓에는 무게가 없다 언덕이나 무덤이나 어디에든 죽은 것은 죽은 채로

모든 빛을 사랑하는 것 같지는 않다
모든 빛이 사랑하는 것 같지는 않다

지하철이 덜컹거리고 큰 소리가 난다 열차의 각 칸에서 전화하던 사람들 상대방이 말을 했는지 하지 않았는지 알 수 없는 소란한 정적을 보내고 반대편에서 뭐라고 뭐라고 말해도 뭐라고 잘 안 들려 뭐라고 하게 되는 시간에도 빛은 여전히 무언가를 비추고 빛은 스스로 빛나는 성정을 가지고 있고.

한철

이 도시는 너무 빠르게 죽어가네
너무 많은 인간이 있었기 때문에 그 인간들이
한 번에 한 번씩만 죽어도
아주 많은 죽음을 낳겠지 하지만

죽음이 태어나는 방법에 관해 생각하는 일은 멈출 수
없어 그것의 총량을 늘리지 않기 위해
나는 살아 있어요?

사실 이 모든 것에 대하여 그렇다고 할 수 있습니다.

옳다고 여겨지는 것을 말하기 위해 나는 여러 번 속을
게워냈고 가끔은 그것으로 둥글고 얕은 섬을 만들어보기
도 했습니다 인간들은 그 섬으로 가 돗자리를 반듯하게
펼칩니다 도시락 뚜껑 열고 가지런히 나뉜 젓가락 서로
가집니다

가끔 섬 둘레로 다가와 탁한 강물
내려다보는 사람 있기도 했지만
나는 그것을 아는 체하지 않아요.

여름 모빌

이제는 아무도 오지 않는 방 꾸미는 일을 한다

그것이 이번 생 내게 주어진 일이다

블라인드를 바닥까지 길게 내려도
물결처럼 들이치는 빛
이런 눈부심은 지구에서 가장 멀리 있는
죽음도 깨울 수 있겠지

나는 눈을 뜬 이 방에서 큰 계획을 만들어본다

더는 죽지 않을 것 단,
또 죽게 된다면 되살아나는 일은 그만둘 것
머리를 묶은 검은 공단 리본에 달린
모조진주가 달랑거린다
꼿꼿이 선 것만이 아름답다고 믿는다면

요람은 더욱 푹신해지고 몸을 구겨도
더는 돌아갈 수 없는 어린이용 침대 곁에서
웅크린 채 잠든다 높이 매달아둔 모빌은

파르르 돌아간다 소용돌이의 소용돌이의 소용돌이가 무
수한 소문을 만들어내면 거기에는

　여름의 조각에 비싼 값을 매겨
　사랑하는 사람들에게 팔아대는 나의 영원하고
　무용한 사랑이 있다

나를 사랑하는 나의 신

나는 최선을 다해 최악이 있는 곳으로 걸어갔다 차갑게 튀기는 빛을 헤치며 걷는 숲 한 번도 본 적 없던 이 환하고 포근한 풍경에 나는 꽤 자연스럽게 어울리는 것 같아 꼭 아름답다고 말해야 할 것 같아 입 다물고 걸으면 금세 최악이 있는 곳에 도착할 수 있었고 그곳에는 내가 아는 얼굴이 많았다 너도? 너도 여기 있었구나 신이 우리를 사랑하셔서, 가엾게 봐주셔서 우리를 다시 만나게 해주신 거야 우리는 몹시도 기쁜 마음으로 둘러앉아 차를 마셨다 뜨거운 물로 잠깐 바짝 우려낸 차 하지만 돌아갈 수 있을까 그래도 최악이 생각보다 나쁘지 않구나 그렇게 말했을 때 누군가, 더 나빠질 수 있을까? 이야기했고, 아니야, 우리는 이미 최악으로 와 있잖아, 그런데 여기보다 더 먼 곳이 있으면 어쩌지 그리고 저 멀리에서는 여전히 최선을 다해 최악으로 걸어오는 아는 얼굴들이 어른어른 보였다.

정전

거기에 잘 찍어두었어요 나의 낙관
잘 웃고 잘 먹고 잘 자면 다 되었다고 말하는
인간들 틈에

그게 전부라고 믿는 마음을
배반하고 싶지는 않았지만

알 것 같은 자음과 낯익은 모음이 합쳐져 미래에도 불
린 적 있었던 나의 이름 그것 만들어내면 윗니 툭툭 쳐가
며 입안에서 가만히 굴려보려고요

가끔 버스 안에 나뭇잎 그림자 얼기설기 동그랗게 들이
치면 그 위에 재빠르게 달려와 몸 비비며 뒹구는 어린 유
령들에게 안녕, 안녕, 인사하고 싶었어요

너는 나의 미래지만, 나는 너의 과거가 아니란다.
그래서
그새 지워지는 이름들

새하얀 꽃다발 품에 안고 집으로 돌아가는
늦은 저녁이면 잘 웃었던 시간을 반성하며
먹은 거 토하고 날을 새워요

그러면 안 되었다고 말하는 인간들 틈에는 나의 낙관을
찍어두었고

그것은 이런 내일이야 더는 없어도 된다고 믿는
사람들만 볼 수 있는 그런 낙관이에요.

백노이즈

background noise

내 말을 알아듣지 못하지만 알아들은 체하는 게 나의
▓▓이다. 원하는 것과 거리가 먼 선택지만 주고 그중 가
장 가까운 것마저 오답이 되어버리는 삶을 살면서. 믿고
싶은 걸 믿으면 언제나 반드시 망해버린다는 것. 알고

베란다에서 거대한 정원 가꾸는 나의 ▓▓은 가시 많은
식물을 줄줄이 늘어놓고 내게 그 위를 걸어보라 했다. 뚫
린 구멍으로 나의 일부 흘려댈 때, 바닥에 주저앉아 발을
잡고 점점 커지는 새까만 구멍 들여다보는 게 나의 유일한
기쁨일 거라 믿는 나의 ▓▓.

기꺼운 찬양 없이도 세계에는 아침이 오고, 가끔은 너무
자주 틀어 늘어난 카세트테이프 같은 밤, 너무 오래 켜져
있는 주광빛 전등처럼 ▓▓은 나의 것, 나의 ▓▓.

나의 ▓▓은 내가 제 것인 줄 알고 내 기도에 이름 섞
여 불리는 게 가장 중요한 일이라 생각했다.

이제는 아름다운 단어 사이에 끼워 넣어보았습니다. 라
일락, ▓▓, 골든아워, 오르간, 타이어, ▓▓, 올리브오일,
스킨답서스, ▓▓, 타임.

그리고 지금은 내 침대에 몰래 기어들어가 몸을 웅크리고 누워 있는 나의 ▨▨. 우리의 손과 발은 조금씩 흐릿해지지만 먼지를 밟는 발바닥이 새까매지는 것으로 우리는 증명할 수 있다.

영원히,

내 말을 알아듣지 못하지만 알아들은 체하는 나의 ▨▨은 가끔 잠꼬대하고 나는 그것마저 알아듣는 나의 ▨▨의 ▨▨이 되어버리고.

생활세계

세계는 오랜 여름

공원 옆 구립 도서관을 가기 위해 횡단보도의 신호를 기다리고 있다 그런데 나만 알아차리지 못하고 있는 걸까

무언가 크게 좋지 않은 쪽으로
변해버리고 말 거라는 전조

너머에서 기다리고 있는 사람들이
금방이라도 이곳을 향해 뛰어올 것 같다

나 이곳에서 영원히 늙어가는 게 아닐까 등을 간지럽히는 건 땀방울 그러나 그것 어떻게 확신할 수 있지요 누군가는 분명히 보고 있을 것입니다 나의 불행이 곁으로 다가오고 있는 것

손목 잡아채려고 조용히 팔 뻗어두고 있는 것
그리고 바뀌는

신호등 불빛 여기에서 저기까지 무사히 건너가는
한 덩어리의 인류

데일리 커밍

하루 종일 영화를 보겠다고 마음먹은 이 애의 곁에서 눈을 오래 감았다 뜬다 스펙트럼, 스펙트럼, 스펙트럼, 가끔 다른 사람이 되고 싶어 자꾸 새로운 역할을 맡는 거지 관광객, 캐셔, 딜러, 피아니스트, 어쩌면 시인, 버스커, 바리스타, 그리고 플로리스트, 발레리노, 다음은 전기기술자……. 이제는 손이 손을 잡는 일에는 동의가 필요하다고 영화 속 인물이 말하고 있다 *네가 생각하는 걸 모조리 말해봐* 인물의 장갑 안에서 천천히 데워지는 손끝 내가 몰래 쥔 주먹 안에는 천 원짜리 터보 라이터 바람이 불어도 꺼지지 않는

불 켜는 마음.

동선

숲이 무서운데 숲에 간다

녹음이 온몸으로 숲을 부식시키고 있다 그것은 점액질의 형태를 하고 바닥으로 천천히 흘러내리는 중이다 머리카락에 맺힌 침묵을 떨어내기 위하여 우리는 온몸으로 부지런하다

손은 잡지 않았다
손은 잡지 않았고

불규칙한 배열을 배역 삼아 이리저리 들쑤시고 다녔다
앞서 걷는 사람은 매번 낯설어 누구세요,

묻고 싶었지만 그런 중에도 우리는 서로의 등을 너무 많이 보았지 맺히지 않은 열매의 색과 나무 품종을 아는 일은 우리의 몫이 아니라고 생각했지만 발밑에서 나뭇가지 부서지는 소리 울리면 처음 보는 까만 새가 날아가고

고개를 들고 걸으면
우리는 숲속에 있다

나가는 길을 알게 될 때까지 기꺼이 두려워할 것이다

이중성°

해변에 가기 위해 숲을 가로지른다
숲에서는 숲 냄새가 난다

그것은 숲에 가본 적 있는 사람은 바로
이해할 수 있지만 그렇지 못한 사람은
이해할 수 없는 그런 숲 냄새다

젖은 풀과 젖은 나무와 젖은 돌과 젖은 흙

보이지 않지만

숲의 끝에는 바다의 시작이 있고
가장자리를 향해 가까이
다가가고 있다는 것 보지 않아도 알 수 있었다

보이지 않아도 믿을 수 있는 것을
신앙이라고 한다면
그것은 기어코 후각적이다

 잊어버린 불꽃놀이 세트를 대신하는 건 기다리는 일 등
뒤 돌아보고

온 도시의 불이 꺼지면
저 멀리에서부터 타오르는 거대한 불기둥

너무 근접해 공통된 주위를 도는 두 별이
같은 온도로 뜨겁거나 차갑지 않고
같은 빛으로 빛나지 않는다는 것이

그것을 주와 동반으로 하게 한다

눈으로 보았을 때 두 별은 하나의 별로 보이고
숲과 숲 냄새가
독립적이라는 사실은 아직도 믿기 어렵다

○ 이중성(二重星). 매우 근접해 육안으로는 하나로 보이는 두 개의 별 중
밝은 것을 주성(主星), 어두운 것을 동반성(同伴星)이라고 한다.

한여름 손잡기

지나지 않은 계절에 대해 무슨 말 하겠어요
일부러 웅덩이 찾아 밟는 기쁨뿐

젖어도 되는 신발 신고 최선으로
얼룩덜룩 더러워지는 마음
눈물 뚝뚝 흘리며 씩씩하게 걸었어요

너무 뜨거운 볕에 끈적거리며 말라가는 눈물과
빗물 우산도 차양도 없는
이 세계에서 나는 가끔 가려지고 싶어요

그래도 역시

슬픔은 기체에 가깝지? 바싹 말라 보이지 않게 공중에
서 떠다니며, 주워 쓴 투명 우산에 맺힌 물방울 빗물 주르
륵 흐르다가 어떻게든 증발하면 대기 중에 슬픔 퍼지고 숨
들이쉬면 들이쉰 것만으로 기꺼이 훅훅 슬퍼지는 우스운
여름 오후 킥킥 소리 내도 부끄럽지 않지만 그림자 조각도
몰래 타가는 한여름, 슬픔

여름이 여름이 아니었더라면.

사랑은 할 수 있는 최대한으로 무책임했고,
그래서 지난여름
내내 그것만 열심히 했다네요

니팅레이스

내가 가장 사랑할 때는 눈 감고 있을 때
나는 내 팔을 베고 모처럼 모처럼 하고 있어요

누워서 입안 훑어내면 거기에는
내가 모르는 세계 있고
다정한 말이 역류해 참지 못하고
모조리 뱉어버리면
내가 원하지 않는 사랑 실컷 받아버리는

나의 안을 마구 휘저어줄 캄캄하고 단단한 무언가 필요
해요

내가 죽이고 내가 살리는 것 하려고

꼬여 있는 세상의 빈틈으로 너머를 바라볼 때
저기에서부터
어두운 동공을 확장하는 흰 여름이 다가오고 있어요
침대에 걸터앉아 뒤를 보려 해도
눈알은 좀체 돌아가지 않고

계절 없는 우주로 떠나기 위해 시동을 거는
푸른 오토바이 프런트 라이트.

어디까지 갈래?

모르는 사인

레이스 실은 서로를 아프지 않게 얽어매고 그러면

우리가 손을 잡을 때 생겨나는
새로운 매듭의 형태

나이브 아트

어제는 안경을 쓴 채로 울었고
내일은 최대한 게으르게 수면에 임할 거예요
당신은 나의 평화로웠던 시간이 되고
그 풍경을 묘사하는 일에는
수십 편의 동화가 필요할 테고

무한히 늘어나는 천체의 총합을 알 수 없어
나는 자주 울 수 있었고 그래서
어제는 안경을 쓰고서도 울어버린 거죠

물속에서

빙하 조각이 떠내려오는 호수에서 날이 좋고 운이 따라
야만 볼 수 있다는 물개를 봤어요 버스 창 너머 지나간 아
침이 정오의 모습으로 파랗게 돌아오고

해는 눈부시고

그것이 빙하를 비추던 때
몇 명의 사람은 무심히 감탄했지요
고요한 축복이 내리는 낮이었고
기도의 순서도 모르면서 마지막 단어 음절 발음해보는
마음

그 시간

이제 다시는 멈추지 않는 그네처럼
트리 위에 매달린 천사처럼
마음이 찰박거리며 튀어 오를 때 나는
볼 수 없는 것을 보는 것만 같아요

흐리고 따뜻한 바람이 등을 밀 때면
나는 언제든 눈 감고선 뒷걸음질 치고 싶었지만.

구르는 여름과 도로시

여름이 구르는 건 누군가 열심히 발로 차고 있기 때문이다. 나는 한때 그 애가 여름 굴리는 걸 오래 지켜보았다.

그 작업은 몹시 정교하고 명료하게 이루어졌고, 아스팔트 바닥에 앉아 가만 처다보면 그 애는 이곳부터 저곳까지 여름을 차며 걸었다. 여름이 구른 자리마다 축축하게 땀이 흘러 바닥이 짙게 젖었다.

규칙 없는 궤도, 뜨거운 공기

눅눅한

　　　밤

젖지 않는 커튼이 있다는 건 정말 다행이다.

더 단단한 여름을 위해.

물을 섞어준다. 천천히. 이따금 여름이 토하는 너무 많은 비는 그 애를 슬프게 했지만, 여름이 잘못된 길로 든다는 생각이 들 때면 그것을 바로 놓을 수도 있었다.

한번은 여름을 가방에 넣고 바다로 갔다. 그 애는 모래를 밟고 걸었다. 맨발. 발등은 까맣게 타가고
물에 닿지 않는 복판에 여름을 얌전히 내려두었다.

여름은 낯을 가리는지 작게 웅크렸고, 그 와중에 더욱 단단해졌고 그 애는 발가락을 접었다 펴며 간지러워하며 여름을 굴렸다.

여름은 모래투성이가 되었고 여름은 즐거워 보였고 여름은 제법 행복한 것 같았다.
그게 전부였고,

나는 한때 그 애가 여름 굴리는 걸 오래 지켜본 적이 있었다.

전시 온실

언제나를 언젠가로 바꿔 읽는 사람들 사이에서 나는 자랐다

이 무심한 천국을 떠날 것이다.

설탕 뿌린 토마토를 먹었다 단것을 먹어서가 아니라 단것을 먹었다고 생각했기 때문에 기분은 나아졌다 이불을 덮고 누워 있으면 창은 보이고 창밖은 보이지 않고 숨, 쉬고, 미워하고 싶은 착한 사람, 사랑하는 나쁜 습관들, 떠오르고 흐려지고, 투명하게, 발가락 굽혔다 펴보면 제법 산 사람의 기분

그러면 이제 눈을 감아요, 다시,

나는 언제나 감히 사랑한다고 말했다
나는 언젠가 감히 사랑한다고 말했다

(조명 켜지고, 환해지는)

갑작스레 찾아온 온실 안에는 거대한 나무와 식물이 많아 읽을 이름이 부족하지 않았다 여기 참 덥다, 정말로 너무 덥다, 했는데 뒤를 돌아보면 아무도 없었다 온실 안에는 거대한 나무와 식물이

(침묵)

온실

(긴 사이)

다시, 온

(암전)

되는 것이었다.

눈을 감고 있으면 인간은 없었다 다행이다 우리 이렇게
내내 눈 감고 있자 차라리,

모두 사랑하다 보면 아무도 사랑하지 않게 되었고
그것은 썩 마음에 드는 일이네요

시차

꿈에서 나는 죽거나 죽였다
앞마당에는 코스모스 피어 있었고

나는 그것의 성긴 잎사귀를 사랑했다

툇마루에 누워 있으면
풍경이 흔들렸다

눈 감아도 알 수 있었다

대문은 언제나 열려 있었고

누구나 들어올 수는 있었지만
나가는 사람은 없었다 짧은 빛 들면

풍경이 흔들릴 때마다
이마가 시원했다

코스모스의 향은 코스모스 향

그걸 그렇게밖에 말할 수 없는 마음을 알아서

여름, 타바코

나는 이해할 수 있는 문장만 쓰고 싶어 리타가 타바코를 굴리며 말했지 하지만 어떤 인간들은 사랑하지 않아도 된다는 사실 깨닫고 인정하는 법 알기를 쉽게 포기했어 하지만 누구에게나 안전한 공간은 필요하니까

풀밭 위에 자리를 펼쳐놓고 아무것도 걸지 않고선 내기를 시작했다 나는 칭찬받을 수 있는 거짓말만 하고 싶어 빛의 총량이 서서히 닳아가는 이곳에도 최소한의 낙관은 남아 있어 우리 원하는 만큼 잠들어 있자 나는 믿을 수 있는 사랑만 하고 싶어

타바코가 굴러가고 여름은 등을 돌리고

리타는 아름다운 것들 끌어모아 잿더미로 만드는 취미가 있었고 그건 사랑하는 사람들에게 기쁜 마음으로 물려주는 타바코, 여름, 타바코

오해할 수 있는 진심만 갖고 싶어?

인간의 뒤라는 건 왜 이렇게 단단하고 연약하게 만들어진 걸까 나는 이제 거절할 수 있는 미래만 갖고 싶어

사랑하는 것들 모여 있는 거대한 유원지 솟구치다 꺾어
돌고 바닥 치는 롤러코스터와 솜사탕 가게의 명랑한 음악
소리 물 담긴 붉은 대야 위 둥둥 떠다니는 엄지만 한 슬픔
을 얇은 습자지 뜰채로 건져내는 놀이 다섯 번에 삼천 원
떠낸 슬픔은 숨이 죽은 인형으로 교환해주는 귀여운 풍경
몰래 피어오르는 한 줌짜리 불씨 그건 누구도 모르게 타바
코에 불을 붙일 수 있는 작은

캠프파이어,
불꽃

조현

오늘도 아침 약을 빼먹었지

병에서 벗어날 수 있다는 미신은
버린 지 오래됐고 결국은
내가 나를 먹이고 재우고 살리는 일

우리가 거기 있는 동안에
그것은 내 연인도 되었다가 부모도 되었다가

내가 사랑하는 언니야

방바닥을 쓸어보아도 투명한 것은
걸리지 않았어
내게서 떨어진 증상을 주워보려 했지만
나는 언제나 가장 올바른 것을
알고 있어서 정답을 피해가는 사람이니까

해야 하는 일을 하지 않을 때 여름은 오고

능소화가 피어나면
손목을 쥐고 걸었다

수면

빛이 힘껏 가라앉지 않기 때문에 물속은 어두워 내가 본 빛은 언제나 질량보다 부피가 커 수면 위로 떠다녔는데 언젠가 물에 빠지면 그 빛을 붙잡겠다고 다짐했지 그런데 그때 너 내가 가라앉는 동안 나를 지켜보았니 빛의 뜰채로 건져지는 나를 보며 무슨 생각 했니 눈물로 씻어낸 얼굴 다시 강물로 훑어내는 나의 시간을 모조리.

셋 세지 않고 곧장 물로 뛰어들려는 인간의 등 바라보면 껴안아야 할 것 같다.
그런 중에도

얼굴을 막 닦아낸 축축한 푸른 수건에서는 물비린내가 난다.

프린트

우리는 시외의 천문대로 향했다 천문대에는 사람이 많
았고 비치된 좌석에 사람들은 나란히 앉아 있었다

모르는 사이에 대해
별과 별 사이의 거리에 대해
우주와 우주 사이에 존재하는 것에 대해
시간과 시간 사이에서 완전히 놓친 것에 대해

말했지만, 우리는 전혀 알아듣지 못했고 사람들은 일어
섰다 계단을 천천히 걸어 올랐다 벽에는 행성의 이미지가
프린트되어 붙어 있고 우리는 그것의 이름을 우리의 언어
로 알고 있었다 옥상에는 낮고 작은 천체 망원경이 설치
되어 있었다 사람들은 줄을 섰다 사람 뒤에

사람이 서고 그 뒤에 또 사람이 서고 그것을 계속 반복
하고 사람들은 차곡차곡 얌전히 겹쳐지고

허리를 구부려 접안렌즈에 눈을 가져다 대고 있다 무엇
을 보고 있는 것일까 알 수 없지만 그것은 아마 노랗고 하
얗게 빛나는 것이다

하지

고장의 여름은 푸르기보다 창백합니다 하지의 빛은 기
울이지 않아도 멋대로 흘러내리고 밤이 오려면 아직

여덟 살에 뱉었던 껌은 여태 굳지 않고
여전히 나는 발을 끌며 걷습니다
아래를 들여다봐도 보이는 건 없었지만

거기에 무언가 있을 것이라는 믿음 때문에
어떤 사람들은 기꺼이 두 손을 겹쳐 잡습니다

여름 공기는 뜨겁고

다시 볼 수 있을까

아무도 기억하지 못하는 약속을 기다립니다 배반당하기
위해 사랑을 거듭하는 사람과

창백한 것은 어째서 서늘하게 느껴집니까
아무리 해가 기울어도 여름은 끝나지 않고

산책

언니를 언니라고 부르는 일이 세상에서 제일 어려웠다. 나는 가끔 여자였고 주로 아니었는데, 체크무늬 원피스를 입으면 기분이 좋았다. 지난여름 언니와 갔던 어느 공원에는 비둘기가 많았고 어떤 비둘기는 아주 검고 말라서 날 수 있을 것도 같았다. 벤치를 찾아 걷다 보면 쓰레기통이 나왔다.

무정하지 않을 거다

1.

모든 시는 어떤 형태로든 침묵을 품고 있다.

방금 문장은 시에 있는 연과 행을 예사로 넘기지 않는 이의 것일 테다. 연과 연 사이에 놓인 심연, 아무것도 씌어 있지 않은 그 자리에서 쉽게 다음 걸음을 떼지 못할 때 혹은 행갈이를 하는 짧은 순간에 무언가에 대한 멀고도 가까운 감각이 환기될 때, 시는 도무지 한 흐름으로 매끄럽게 읽을 수 없는 종류의 글이 된다. 말을 멈춘 얼굴로 더 많은 말을 하는 방식을 시는 안다.

미국의 시인 캐시 박 홍이 스승으로부터 배웠다고 전한 "시형(poetic form)이라는 회로"는 "우리가 말하는 것보다 우리가 말하지 않는 것에 의해 충전"된다는 얘기를 여기에 더한다(캐시 박 홍, 노시내 옮김, 『마이너 필링스』, 마티, 2021, 190쪽). 우리는 살면서 하고 싶지만 하기 쉽지 않은 말들, 하려 했지만 지금 우리가 가진 언어적 자원으로는 꺼낼 수 없는 말들을 자주 속으로 모아둔다. 이런 일은 마치 얹힌 속을 달래기 위해 통증이 오는 몸을 손으로 의식적으로 쓰다듬어야 하는 경우와 같이 속으로 고이려는 말들을 숙고하거나 검열하는 가운데 일어나곤 하는데, 어느 때엔 부지불식간에 벌어지기도 한다. 후자의 경우는 어쩐지 좀 쓸쓸하다. 세상 밖으로 그 말이 나와선 안 된다고 강제하는 시선과 귀와 반응들이 일찍이 우리의 말을 길들여왔던 과정에 우리가 우리 자신을 끼워 맞추는 습관을 들이다 보니 일어나는 일일 수 있기 때문이다. 그러므로 시가 침묵을 품고 있다는 얘기는 시를 읽을 때마다 마련되는 공백의 역할을 준수해야 한다는 의미만을 일컫지 않는다. 그보다 시는 세상 사람들이 주고받는 의사소통의 체계나, '상식' '보편' '보통' '일반'의 문법으로는 통용되지 않는 우리 속의 말들이—언뜻 침묵의 외피를 입고서 숨은 것이라고 오해받을 수 있으나—끝내 사라지지 않은 채 누구의 허락 없이도 살아 있음을 증명하는 것이라 해야 한다. 지금 세계 곳곳에 있는, 그러나 어느 누군가에게는 일방적으로 외면당하기도 하는 '침묵'은 실은 가장 풍부한 힘으로 시의 출발을 예견하는 자리이다.

권누리의 시도 침묵에서 태어났다. 아니다. 이렇게만 말해선 안 된다. 이를테면 권누리의 시에선 "신이 그렇게 말하라고" 해서(「공예배」), 또는 "아버지" "어머니"가 "슬픔의 전조"를 "건네주"려 한다 해서(「생활기도」) 거기에 종속된 침묵을 택한 이들이 아니라 그 대신 "뒤통수"를 살피게 된 이의 기분을, '뜨지 않은 눈'으로 상황을 견디려는 이의 음성을 전하고자 하기 때문이다. "온몸으로 부지런"히 "숲"을 통과하는 사람들더러 '손을 잡지 말라고' 추궁하는 세상에서(「동선」), "숲"의 "가장자리를 향해" 기어코 가려는 이들을 '보지 않으려는' 세상에서(「이중성」) 시는 "기꺼이" 직접 보고 듣고 냄새 맡으려는 이들의 걸음을 조명한다. 지금 세계에서 들리지 않고 보이지 않는 자리에는 '침묵'이라는 텅 빈 기호가 있는 게 아니라 아직 통역되지 않은 말들의 군락이 있다. 다음과 같이 고쳐 말하기로 한다. 권누리의 시는 지금 이 순간 세상 군데군데 숨겨져 있다고 여겨지는 온갖 형태의 침묵을 가장 끈질기게 비집으며 시작된다.

시집의 첫 번째 순서로 배치된 시 「하트＊어택」(15쪽)의 일부를 함께 읽는다.

한 걸음 걸을 때마다 흰 발목 양말이
흘러내려요 걷다 멈춰 서고, 다시
그걸 반복해요 왼쪽이 그러면 오른쪽이 그러는 것처럼
나란히 무너지고 있거든요 내일이 그러나

이미 사랑하고 있답니다 사랑을
나에게 스스로 말할 용기는 없지만,

걸어가도 아무도 마주치지 않을 거예요
어차피 나는 천천히
타들어갈 텐데요 빛이 빛을 부수는 것처럼.

—「하트＊어택」부분

　"걷다 멈춰 서고" 하는 걸 반복하면서 나아가는 이의 시선이
앞이 아니라 특이하게도 아래를 향해 있다. 시의 화자는 지금
"내일"을 향해 나아가기에는 "걸을 때마다" "양말이" 흘러내
릴 정도로 제대로 걷지 못하게 막아서는 힘과 대결해야 하는
상황에 처해 있는 듯하다. 어쩌면 "왼쪽"과 "오른쪽"을 "나란
히" "무너지"도록 만드는 '나'를 붙잡는 건 살아 있는 존재라
면 누구도 빠져나가지 못할 중력과 같은 것일지 모른다. 이걸
다 감당하며 간다 할지라도 "내일"이 마냥 희망으로 가득 차
있다고 확신하며 말할 수도 없는 노릇이다. 오늘의 중력에 강력
하게 붙들려 있으므로 "내일" 역시 "무너지고 있"는 건 마찬가
지일지도.
　그런데 이런 상황에 처한 화자의 숨소리가 가쁘지만은 않다.
오히려 건강하게 느껴진다. 말 그대로 "무너지는" 중인 이곳을
통과하려는 이의 시선이 어떻게든 그곳에서 발을 구르는 데를
향해 있기 때문이다. 그리고 이를 버티게 하는 '심장'이 "이미
사랑하"는 힘을 지니고 있기 때문이다. 시는 이 모든 사태를 두
려워하면서도("나에게 스스로 말할 용기는 없지만") 그로부터
도망치지 않고 버티려는 '발작적인' 움직임을 발휘하고, 이를
"사랑에는 제법 재능이 있"는 몸짓으로 전환해낸다. "아무도"
발견하지 못할 수 있고, 심지어는 없는 셈 칠 수 있겠지만 걱정
할 필요 없다("걸어가도 아무도 마주치지 않을 거예요"). 화자
에겐 저 자신이 "빛을 부수는" 자체가 중요하다.

이런 기운은 「퀘스처닝 윈터키즈」(54-55쪽)에서도 비슷하게 느껴진다. 시에서 "우리"는 아직 "안전"하지 않은 "밤"중에 "함께" 울고 있지만, 이들은 "미래를 보관해둔 상자"를 잃어버리지 않기로 한다. 이들에게 "미래"는 '나중에' "다시 찾지 못하게" 될까 봐 전전긍긍할 종류의 시간이 아니라, '지금 당장' 지켜내야 하는 "상자"와 같은 시간이다. 시는 그 상자에 "세계가" 원하지 않는 "질문"을 한가득 보관해두고—세계가 '우리'의 질문을 함부로 해하지 못하도록 잘 감싸서—'현재' "눈에 가장 잘 띄는 곳"에 내놓음으로써 "미래"를 사수한다. 그러니까 오늘 우리의 몫이란 비록 눈물을 참지 못하겠더라도 기죽지 않고 "창 너머로" "찰랑"이는 "노란빛"을 동료 삼아 "옷장 맨 밑 칸 서랍을 열어 상자를 꺼"내고, "미래"의 냄새를 맡는 것.

아무래도 권누리의 시는 특정한 누군가를 주눅 들게 하고 입 다물게 하는 지금 세계가 침묵을 가소롭게 여기는 방식을 뒤집는 입장에 있기로 한 것 같다. 시인은 침묵의 자리를 다른 소리 체계가 꿈틀대는 곳임을 적극적으로 감지하고, 그곳으로부터 지금 세계가 원하는 답을 거절하는 질문이 경쾌하게 새어나오도록 둔다. 감히 통역할 수 없는 존재감이 이렇게 만들어진다.

2.

질문이 '경쾌하게' 새어나오도록 둔다는 표현을 오해하지 말았으면 한다. 시인이 발휘하는 힘의 색채가 투명에 가까운 덕분에 시로부터 가뿐한 분위기가 조성된다는 얘기는 시의 입장이 궁리되는 과정이 순탄했음을 의미하는 게 아니다.

예를 들어 권누리의 시에서 비가 내리는 장면이 등장하는 시편들을 살필 때마다 독자는 조마조마한 심정이 되곤 한다. 권누리 시에 자주 등장하는 '우는' 얼굴에 덜컥 전염되는 일이 벌어지기 때문이다. "차 안에"서 그치지 않는 비를 바라보며 "맞는 건 언제나 싫었"다는 얘기로 '비를 맞는다'는 말과 어린 시절 매질에 속수무책 당했던 기억을 겹쳐내는 목소리나(「이 밖에 알아내지 못한 모든 죄」), "우산을" 챙기지 못해 저 자신의 몸을 비에 "온통 젖어가"도록 두다가 결국 "집으로 얌전히 돌아가는 방법"을 알아채지 못했던 경험을 가진 이가 그를 통해 자신이 무언가를 가져본 적이 없다는 사실을, 혹은 "작고" "연약" 한 것을 지키느라 그 무엇을 가진 것만도 못한 상태로 살았다는 사실을 깨닫는 얘기(「소유」)가 시에서 들릴 때, 비는 어떤 경험을 환기시키는 공간인 한편 그 사이를 관통해서 갈 수밖에 없는 투명한 통과제의로 등장한다.

　시선을 따라 빗물은 움직인다

　씻겨 내려가는 유리를 보아도 창 너머에는 결코 깨끗해질 수 없는 마음 같은 게 있고 나의 너머로 나를 보려 하는 어린 유령에게 무언가 말을 하고도 싶지만

　사람보다도 더 사람 같은 것이 되고 싶은 마음이 언제나 나를 침묵하게 했다

　우리는 다르니까
　우리는 질서정연해질 것이다

　번갈아 걸어갈 때처럼 한 번은 나, 다음은 내가 아닌 것, 다음에는 다시 나. 경솔한 정갈함이 유령의 머리통 뒤에서 눈부시게 빛난다

　어디선가 빗소리가 기어오고 있다 팔 같은 걸 뻗어봐도 빗물은 만질 수 없는 것.
　　　　　　　　　　　　　　—「나의 어린 유령에게」 부분

방금 함께 읽은 작품 역시 명명백백 흰해서 모두가 빛에 노출될 수밖에 없는 날이 아니라 모두가 "우산"을 쓴 채 자신의 몸을 보호할 수밖에 없는 비 오는 날에 대한 시다. 창 바깥으로 나가지 못하는 '나'는 창에 비친 '나'의 그림자를 응시하면서, 그이를 향해 "나의 어린 유령"이라 이름 붙인다. '나의 어린 유령'은 언뜻 비오는 풍경 속에 나 대신 서 있는 듯도 싶다. 시에서 "나"에게 '비 오는 날'이란 이처럼 평소엔 잘 들여다보지 않으려던 '내' 안에 "어린 유령"의 존재, 나도 "알지 못하는" 사이에 내 안에 고여 있던 "말"을 품은 존재로서의 그이가 고개를 들고 나를 쳐다보는 날인 셈이다.

'나'는 사람들이 우산을 쓰고 가는 비 내리는 풍경 한가운데로 섞여 들어가지 않는다. 오히려 창 너머 장면을 차분히 지켜보면서 "빗물"이 씻어낼 수 없는 "깨끗해질 수 없는 마음" 같은 게 이 세상에는 있다는 생각을 하고, 그러한 상태를 유지시키는 수단으로서의 "침묵"에 자신이 동조하는 건 아닌지 고민하는 자리에 있다.

그리고 이때, "나의 어린 유령"은 "만질 수 없는" "빗물" 속에서 자신을 안전하게 지킬 수 있는 "튼튼"한 "우산"을 급히 쓰는 대신에, 무방비 상태에 놓인 '나'에게 질문을 건네는 역할을 한다. '나'는 비 오는 날 이런 존재와 나란히 설 수 있을 때야 비로소 "깨끗해질 수 없는 마음"과 "사람보다도 더 사람 같은 것이 되고 싶은 마음"이 다른 말이 아님을 깨닫는다. '나'를 위시한 누군가를 "사람 같은 것"에 도달하지 못한 상태로 내몰거나, 스스로를 그렇게 대우하도록 만드는 세상이란 "깨끗해질 수 없는 마음 같은" 걸로 가득 찬 곳임을 받아들인다.

'나'는 "유령"이라는 환영적인 형상을 통해 창 너머 풍경과 합쳐질 수 있는 자신의 상황을 직시하고 그렇게 한 덕분에 침묵 대신 "우리는 다르니까"라는 말을 꺼내는 이가 된다. 비 내리는 날, 빗물의 투명함에 기대어 '내'가 지켜내야 할 것은 "한번은 나, 다음은 내가 아닌 것, 다음에는 다시 나"라는 세상이 함부로 고정시킬 수 없는 '나' 자신이다.

비 내린 이후의 상황이 그려진 「한여름 손잡기」(79-80쪽)에서는 앞선 시에서 "깨끗해질 수 없는 마음"이 가득 찬 세계로 표현된 곳을 "젖어도 되는 신발"을 신고 "최선"을 다해 "눈물 뚝뚝 흘리며 씩씩하게" 걸어간 이의 목소리가 들린다. "우산도 차양도 없는" 세계에서 "가끔 가려지고" 싶지만, 살아 있는 존재의 살아 있음 그 자체는 가리려야 가릴 수 없다는 사실을 "나"는 알고 있다. 비가 온 뒤 우리 주위를 가득 채운 습기처럼 어떤 관계, 어떤 삶은 다른 누군가에 의해 쉽게 눈에 띄지 않는다 해서 없는 것은 아니다. 이 시에서 우리는 함께 "킥킥 소리"를 내는 순간을 더는 "부끄럽지 않"다고 여기기로 한 이들이 나란히 걸어가는 장면을 본다. 또한 비가 내리는 한가운데를 관통해 나간 이들이 "그래도 역시"라는 시간에 당도하기 위해 애쓴 자취를, "공중에서 떠다니"는 "슬픔"을 "들이쉬면"서 이들에게 주어진 슬픔이 헛것이 아니라 진짜임을 이해하는 과정을 느낀다.

투명한 창을 통해 비치는 굴절된 이미지를 치열하게 경유하면서 도리어 세계와 합일되지 않는 다른 삶의 방식도 있음을 알리기도 하고, 다른 누군가에게는 잘 보이지 않는 관계에 최대한 몰입함으로써 지금 여기에 있는 모종의 감정이 거짓이 아님을 알리는 권누리식 '비 오는 날'의 풍경이 발신하는 메시지는 이번 시집에서 다른 이미지로 꾸준히 변주되면서 등장한다. 그 예로 「도로시 커버리지」(47쪽)를 떠올릴 수 있다. 시는 "원피스"를 입고 만나는 "우리"라는 살아 있는 존재를 향해 "불온"과 "불신"이라는 낙인을 찍으려 드는 "이분법"이 강고한 "세계"가 얼마나 "견고"한 "유리"로 이뤄져 있는지 알린다. '커버리지(coverage, 여러 각도에서 동일한 연기 동작을 촬영하는 일을 일컫는 용어)'라는 말마따나 이런 세계를 다른 각도에서 바라보면 "우리"는 "유리"를 통과한 '빛'을 누리며 세상이 던지는 질문에 "우리도 모르는 우리의 오답"을 당당히 내놓는 상황을 형성할 수 있는데, 시는 그러한 움직임을 놓치지 않는다.

"우리"가 아주 "잘 보"인다고, 그래서 "우리"에 대해서 잘 안다고 지금 세계가 떠들든 말든, 세계가 주변화한 공간에서 고정된 몸짓을 취하도록 강요받던 존재들이 역으로 주어진 장소에서 예상할 수 없는—"흙먼지 냄새와 라일락 장미 아까시 향"을 즐기는—몸짓으로 살아남는 상황을 맘껏 드러낸다.

"입어야 하는 옷을 입지 않으면 죽어버리는 세계관 속에서 사는 사람이 옷장 문을" 열면서 시작하는 시 「클로징 클로젯」(59~60쪽) 또한 이어서 떠올려볼까.

"입고 싶은 옷"과 "입을 수 있는 옷 사이에서 갈등"하면서 살아가는 이는 동시에 그 모든 옷을 입고자 하는 자신의 욕망을 수용하면서("*예쁜 옷은 끝이 없구나 // 정말로 마음에 쏙 든다*") 살아간다는 것을, '극단적인' 세계관만을 정답으로 여기며 돌아가는 세상은 모를 것이다. 말하자면, 규범화된 정체성을 구현하지 않으면 '부도덕'하다고 평가하며 모두가 "이성애적이고" "가부장적인 구조로" 수렴할 것을 채근하려 드는 세상은 "부도덕한 것으로 인식"한 이들을 "낙인 찍"고 "병리화"하고 "법적으로 골치 아픈 지위를" 넘겨줄 줄만 알지(아르디케이 허먼, 「결박하고 놀기」, 캐스 브라운 외 엮음, 김현철 외 옮김, 『섹슈얼리티 지리학』, 이매진, 2018, 176쪽), 이들이 펼칠 수 있는 색다른 빛깔의 가능성은 결코 알지 못하는 것이다.

그러나 권누리의 시는 안다. "그러면 안 되었다고 말하는 인간들 틈"이 이루는 암전된 세상에서 지금을 "전부라고 믿는 마음"에 등을 돌리는 법에 대해서(「정전」). 뿐만 아니라 거기에서 섬섬(閃閃)한 문양을 빚어내는 방식까지도.

3.

그러니까 아무도 찾지 않는 공터는 빛이 제일 먼저 방문할 수 있는 자리임을, 시는 알고 있는 셈이다. 이때의 빛은 누구의 누구의 눈을 베지 않고도 "스스로 빛나는 성정"으로 말미암아 "여전히 무언가를 비"추는 종류의 것이라 해야 한다(「사람들이 사랑하는」).

권누리 시에서 빛은 아무도 들여다보지 않는 곳에 자주 찾아감으로써 오래전부터 그 자리에 있었던 사물들, 존재들이 감춰왔던 감정에 제 색채가 깃들도록 돕는다.

　　이제는 아무도 오지 않는 방 꾸미는 일을 한다

　　그것이 이번 생 내게 주어진 일이다

　　블라인드를 바닥까지 길게 내려도
　　물결처럼 들이치는 빛
　　이런 눈부심은 지구에서 가장 멀리 있는
　　죽음도 깨울 수 있겠지

　　나는 눈을 뜬 이 방에서 큰 계획을 만들어본다

　　(중략)

　　요람은 더욱 푹신해지고 몸을 구겨도
　　더는 돌아갈 수 없는 어린이용 침대 곁에서
　　웅크린 채 잠든다 높이 매달아둔 모빌은
　　파르르 돌아간다 소용돌이의 소용돌이의 소용돌이가 무수
　한 소문을 만들어내면 거기에는

　　여름의 조각에 비싼 값을 매겨
　　사랑하는 사람들에게 팔아대는 나의 영원하고
　　무용한 사랑이 있다
　　　　　　　　　　　　　　　　　　　－「여름 모빌」 부분

스테인드글라스 너머에서 축복이 들이친다 호되게. 굴절은 쉽게 빛을 꺾어버리지만 빛을 조각하는 것과는 다르다 그러나 인간이 조각한 정교한 다이아몬드 모양의 빛은 발치에 있다 고개 숙이면 보이는 그것의 색은 샛노랑 빛이 빛을 모사하고 있다 하지만 어떤 이유를 가져다 붙여도 샛노랑 다이아몬드 투과한 빛은 샛노랑 다이아몬드 모양의 빛.

—「섬섬」 부분

"블라인드를" "길게 내"린 틈새로 "물결처럼 들이치는 빛"이나 "스테인드글라스"를 통해 정교하게 조각된 듯한 "빛". 잘 만져지지 않는 몸을 가진 이들의 투명함은 보이는 것과 보이지 않는 것의 경계를 무효화하는 효과를 일으킨다. 언뜻 아무런 의도도 없는 듯싶어 무심해 보이는 '빛'은 바로 그러한 이유로 지금 세계가 잘 모르는 이야기의 문을 연다. 아주 멀리 떨어져 있는 곳에서 잠들어 있는 무언가도 깨운다.

그러니 (어떤 세상에서는) "무용한" 사랑의 재료도, (어떤 세상의 바람으로는) "영원"한 사랑의 재료도 모두 '빛'이다. 마치 깜깜한 '카메라 옵스큐라'를 통해 "더 이상 존재하지 않는 것"에 대해서가 아니라 "존재했던 것"을 "확실하게 말"하는 사진처럼(롤랑 바르트, 김웅권 옮김, 『밝은 방』, 동문선, 2006, 107-108쪽), 시에서 빛은 더 이상 있지 않은 것에 대해서가 아니라 있었던 것을 확실하게 말하는 역할을 담당한다. 어렸을 적부터 없었던 셈 쳐왔던 마음이 달아나지 않도록 비추고, 지금 세계의 '허락'과 같은 난폭한 형태의 구원 없이도 그것은 쭉 있어왔음을 말하기도 하며(「한여름 손잡기」 39-40쪽), "우주와 우주 사이에 존재하는 것에 대해" "시간과 시간 사이에서" "완전히 놓친 것"을 들여다보게 함으로써 "우리의 언어로" 여기, 사랑이 있었음을 그리고 사랑을 하는 삶이 있었음을 발음하게 한다(「프린트」).

권누리의 빛은 세상이 보이게끔 둔 것과 보이지 못하게끔 막

아선 것의 경계를 무너뜨린다고 했거니와 시에서 이와 같은 상황은 육안으로 확인되는 이미지로 그려지지 않는다. 오히려 지금 세계에 속박되는 "눈"을 "감고 있을 때", 어떻게 될지 아무도 모르는 내일을 향해 "어디까지 갈래?"라는 천진한 기대를 떳떳이 품을 때, 그리하여 "서로를 아프지 않게 얽어매"기 위한 "손을 잡"는 방법을 시도할 때(「니팅레이스」) 빛의 매듭은 형성된다.

이 글의 1장이 권누리의 시가 세상에 숨겨진 온갖 형태의 침묵을 가장 끈질기게 비집는 일을 한다고 말했던 것을 기억하는지. 시는 숨죽인 세계가 본격적으로 계시되는 섬광을 끌어오기 위해 "바다"에 "바짝 붙어" "무지개"를 맞이하고(「주정」) "오른쪽 볼을 대고 엎드"리기도 하는(「기호학 수업」) 등 구체적인 움직임을 펼쳐낸다. 이제 우리는 권누리 시의 몸짓을 침묵에 잠긴 세계를 향해 적극적으로 다정을 시도하는 모습으로 상상할 수 있다. 눈물을 참지 않고, 차오르는 감탄을 억누르지 않으며, "멈추지 않는 그네"처럼 "마음이 찰박거리"는 상태를 자원 삼아 사랑을 무럭무럭 키워낼 줄 아는 이의 움직임으로(「나이브 아트」). 다정은 병이 아니라 주위를 변화시키려는 용기를 낼 때 가능한 행동이다.

　　내가 믿는 것을 언니도 믿을까?

　　좋아하는 음악을 큰 소리로 들을 수 없는 얄팍한 유리벽으로 만들어진 이 세계에서 낱낱이 훑어보는 검은 눈동자

　　비치는 건 우리의 작은 방
　　한 켤레의 흰 양말

　　(중략)

아직도 생의 무한한 나선계단을 돌아내려가고 있다니

납작한 지구 위에 더 납작하게 엎드려 회전을 인내하는 마음, 언니는 알까?

나 더 위협적으로 굴려고
투명한 바다 위에서 쿵쿵 뛸 거야

(중략)

언니, 한 번밖에 가보지 못한 클럽의 네온사인 기억해?

나는 이제 제법 길을 잘 찾는다
지도를 읽는 건 진달래와 철쭉을 구분하는 일

(중략)

누군가 난간에 버리고 간 라이터를 쥐고 딸깍이며 걷자 나는 앞으로 더 무시무시해질 거니까

—「내비게이션 미래」부분

"좋아하는 음악을 큰 소리로 들을 수 없는" "얄팍한 유리벽으로 만들어진 이 세계"에서 '나'는 헤매지 않는다. '나'와 "언니"가 살고 있는 "작은 방"에 보관된 양말을 살피는 일이야말로 지금 이 순간 내게 절실한 일임을 '내'가 알고 있기 때문이다.

요컨대 시에서 '나'는 무엇을 해야 하는지 알고 있다. "투명한 바다" 위에서 "쿵쿵" 뛰면서 "얄팍한 유리벽으로 만들어진" 세계가 안기는 착각에 속지 않는 방법을 알고 있다. 지금 내가 겪는 감정이 품고 있는 진실을 따르는 방법을 알고 있다. '나'와 "언니"를 제압하는 시선이 우리를 계속 쫓아다닌다 해도 거기

에 붙들릴 필요가 없다는 점 역시도. "유리"로 이루어진 세계에
자리한 덕분에 "작은 방"에는 "네온사인"이 잘 들어오고, 거기
에 의지해 '나'와 "언니"는 우리를 "낱낱이 훑어보는 검은 눈동
자"를 '우리'가 지금 세상의 중요한 일부임을 깨닫게 하는 수단
쯤으로 여길 수 있는 것이다.

끝까지 무정하지 않으려는 이는 지금 무엇을 해야 하는지 알
고 있다. 사랑을 사수하기 위해서 다정을 발휘하는 이에게 미래
는 다르게 열린다. 이것을 믿어도 된다고, 그러니 쭈뼛거리며
다정으로부터 멀어지지 않아도 된다고, 권누리의 시는 말한다.
침묵을 함부로 통역하지 않고 존중하면서 그곳으로부터 다른
소리를 끌어올리는 힘이 이렇게 충전된다.

양경언(문학평론가)

지은이　권누리

1995년 대구에서 태어났다. 2019년《문학사상》에 시를 발표하며
작품활동을 시작했다. 시와 소설을 쓴다.

한여름 손잡기

초판 1쇄 발행   2022년 1월 31일
초판 10쇄 발행   2024년 8월 16일

지은이   권누리

발행인   박지홍
발행처   봄날의책
등록   제311-2012-000076호 (2012년 12월 26일)
주소   서울 종로구 창덕궁4길 4-1, 401호
전화   070-4090-2193
전자우편   springdaysbook@gmail.com

기획·편집   박지홍, 주리빈
디자인   전용완
인쇄·제책   세걸음

ISBN 979-11-86372-89-0 03810

이 책은 대산문화재단 2020년 대산창작기금을 받아 출판되었습니다.

표지 그림은 김지민 작가의 〈물보라〉(종이에 아크릴 채색, 80×200cm, 2018)입니다.